AF321146

LETTRE

ET

REGRETS DE SOUSCRIPTION

D'UNE JEUNE PROVINCIALE

A UNE DE SES AMIES A PARIS:

Sur l'Ouvrage intitulé : Recréations Physiques & Mathématiques *du sieur Guyot, Commis à la grande poste de Paris, dédié à Madame la Comtesse de Lambesq, née Comtesse d'Asberg.*

par M. Rabiqueau

Ma chere amie,

Le livre, que vous m'avez envoyé en exécu-tion de ma souscription, est bien éloigné de rem-plir mon attente, puisque, loin de trouver des leçons d'une physique amusante, c'est une né-

A

cromantie moderne d'un farceur inhabile, dont les recréations font un choix de mauvaifes pieces mal copiées, mal rendues, & dont toutes celles de fa compofition font d'une létargie incurable, n'étant que des extraits des minutes des boulevards.

Je vous avouerai franchement, ma chere Amie, que j'ai pris de l'humeur après la lecture de cet ouvrage, parce que je m'étois figuré, fur l'idée du *Profpectus*, que j'allois être une favante du premier ordre, & que je ferois ici des miracles ; j'en fuis fi éloignée que je fuis réduite au filence, car en province les lazzis non-feulement ne font pas reçus : il y a plus, on méprife ceux qui cherchent à nous furprendre.

Quand je relis ce *Profpectus*, je ne conçois pas comment j'ai pu foufcrire. Je n'ai pas fait affez d'attention aux termes de la page 6, où il annonce aux perfonnes du fexe *qu'elles pourront apprendre facilement comment s'exécutent tous ces preftiges*, ayant pris le mot *preftiges* dans le fens oppofé ; en effet je comptois que la fcience de la Phyfique & des Recréations mathématiques, qu'il annonçoit être la bafe de cet ouvrage & devoir être la phyfique des Dames, devoit ainfi nous détromper de toutes les charlataneries & preftiges, en nous indiquant à faire ces jolies chofes avec art & fans preftiges. Quelle furprife, ma chere Amie, & que j'ai été abuſée! Cet Auteur eſt au contraire un Maître de preſtiges; encore, un Maître fort commun (1) qui nous réduit à l'eſ-camotage, à des agens cachés; & même, de la fa-çon qu'il les donne, ils ne peuvent tout au plus convenir qu'à des Farceurs publics. Vous voyez donc, ma chere Amie, que vous avez parcouru cet ouvrage dans l'Iſle Enchantée, pour lui prê-

---

(1) Tel qu'il eſt prouvé ès pages 36, 40, 46, 104, 141, 155, 175 & 234, où il convient qu'il répete tou-jours la même choſe. Voici le réſumé des notes page 36. « En tournant & diſpoſant ſans le laiſſer appercevoir ».

Page 40. « Pour qu'on ne s'apperçût pas qu'on a man-» qué, &c. Ce petit tour de carte ſerviroit alors à ſe tirer » d'embarras, & on recommenceroit enſuite la recréa-» tion ».

Page 46. « Il faut avoir attention de ne pas laiſſer ap-» percevoir qu'il y a différentes diviſions dans le ſac ».

Page 104. « On peut, ſi l'on veut, ſe diſpenſer de la » pièce à couliſſe T * ».

Page 141. « On ne peut former ces réponſes *qu'en tâ-*» *tonnant*, &c ** ».

Page 155. « Si la perſonne tiroit une autre carte, &c; » vous feriez une autre recréation pour ne pas paroître en » défaut ».

Page 175. « Il eſt eſſentiel que la perſonne cachée ſoit » intelligente, & très - attentive à obſerver les choſes » dont on ſera convenu avec elle ».

* Il étoit donc inutile de la mettre pour embarraſſer.

** Joli amuſement pour exercer les Dames patientes.

A ij

ter du merveilleux, où vous vous êtes feulement bornée à l'illuftre nom qui le décore (1), puifque l'Auteur lui-même (en fe rendant juftice), page 234, reconnoît déja bien du froid dans le premier volume, qu'il déclare bien inférieur à ceux qu'il doit donner, &c.

Auffi cet ouvrage n'annonce rien de neuf, de joliment inventé; il y a quelque chofe de pire, c'eft que les pieces mêmes pêchent par leur mauvaife forme, puifque, loin de déguifer leurs fonctions, elles les dévoilent à la feule infpection; tel que toutes ces éguilles qui ont la forme de celles des bouffoles par leur culo, ou godet conique en-deffus; il devoit au moins copier du bon.

On conviendra cependant qu'il a annoncé, page 19, qu'on a vu fur l'aiman diverfes recréa-

---

(1) Je ne puis à ce fujet vous fceller qu'un des amis de mon frere vient de nous faire voir deux Mémoires imprimés & fignifiés, fignés par les fieurs Rabiqueau, Delindre, & de leurs Procureurs, contre le fieur Guyot, en une Inftance criminelle, qui nous apprennent qu'il ne doit fon luftre qu'à un abus de confiance; ayant trahi, auprès de Madame la Comteffe, celui qu'il feignoit d'obliger. Il en a pris la place ! & cet efcamotage, ce preftige eft l'intrôite de fon renom & de fon livre. Connoiffez donc ce grand Maître, vous, ma chere Amie, qui êtes fi délicate fur le point d'honneur.

tions modernes. « Tel étoit, continue-t-il, un
» vaiſſeau qui alloit à la volonté des ſpectateurs
» ſe rendre à l'endroit qui lui étoit indiqué, &
» cela au moyen d'une méchanique ingénieuſe qui
» faiſoit mouvoir une piece aimantée placée ſous
» ce baſſin ».

En nous indiquant que cette méchanique étoit
ingénieuſe, il devoit y ajouter, & au-deſſus de
ſes lumieres, dès qu'il ne pouvoit pas l'expliquer;
c'étoit là uniquement ce qu'on attendoit de ſon
ouvrage ; c'étoit l'unique but des Souſcripteurs
de connoître le méchaniſme des pieces ingé-
nieuſes. Or ſon annonce, avec éloge, eſt d'autant moins ſatisfaiſant, qu'il ne nous donne en
place qu'un méchaniſme fort trivial.

Par exemple, pour ſes cadrans, il faut ſe ca-
cher & les repairer ſubtilement.... Des leçons
de cette fineſſe doivent-elles être propoſées pour
l'amuſement du ſexe ? Il avoit de ſi bons modeles
à ſuivre, qu'on s'attendoit de trouver des agens
ſecrets plus ingénieux. Je vais en citer un ſimple,
qui eſt un petit cadran de maſtic ſympatique que
j'ai acheté à ce beau cabinet de la rue Saint Jac-
ques, où vous m'avez mené ; & où l'Auteur,
d'un air aiſé, vous ouvre une boîte dont il ôte
l'éguille & le cadran ; le deſſous de ce cadran eſt
armé d'un maſtic ſympatique (ruſe qui produit
l'effet en détournant la cauſe); il vous propoſe

de faire toucher fon éguille à l'heure de votre montre, enfuite il retouche fon maftic fympati-que. Cette opération exigeant d'ôter le cadran, il en fuit une néceffité indifpenfable de le re-mettre dans fa boîte, ce qui vous donne lieu, fans fubtilité, de le placer fur le repair magné-tique, en telle forte que le plus fin y eft pris.

C'étoit ce cabinet qui fourmille d'Expériences finement voilées, qu'il falloit nous découvrir.

C'étoit le Fourneau chimique pour les métaux, & cette lunette originale (qu'on a vu dans ce même cabinet, & qui n'a pu être copiée des Hé-ros du Boulevard) qu'il nous eût été intéreffant de connoître.

C'étoit le Palais Theurgique, où étoit une For-tune qui voguoit au gré des vents par le fecours d'un Borée. (Un vent ménagé en impofoit aux plus ingénieux).

C'étoit une Barque à Caron qui paffe les hu-mains aux ports & ifles qu'ils defirent ; vous met-tez votre nom dans la barque, & dans la tremie le nom de l'endroit defiré.

C'étoit l'Arbre *noli me tangere*, qui fe retire dès qu'on va pour le toucher, & par lequel on reconnoît les vierges d'avec les martyres.

C'étoit les Patineurs Hollandois.

C'étoit le Jeu de Bagues.

C'étoit les Cadrans à jour.

C'étoit le Tombeau de Mahomet.

C'étoit le Carillon magique.

C'étoit la Mouche magique, ou le Mouvement perpétuel.

C'étoit les 12 Pillules enchantées qui, mises dans une même tremie & quoique de même volume, produisent les heures & les demandes sans autre mystère que cette boule.

C'étoit l'Exercice magique.

C'étoit le Pilon du Sorcier ou Devin.

C'étoit enfin la Palingenésie des oiseaux qui semblent revivre de leur cendre, &c. tous objets de magnétismes.

Cet Ecrivain moderne est donc bien éloigné de remplir le titre de son livre, puisqu'il est évident que, malgré ses répétitions ennuyeuses, il nous laisse à beaucoup près plus ignorer de jolies choses qu'il n'en a donné.

Sa scientifique physique (en abusant le Public par ce mot) est donc la carte longue ou large; cette charmante baguette magnétique pour attirer les petits cygnes (1); les cartes qu'il faut escamoter pour mettre celle qui a un petit aiman,

______

(1) Un bâton est fort attrayant & ingénieux. Les gens adroits se servent d'un couteau aimanté en y mettant du pain; leur présentant le manche, ils fuient, & viennent lorsqu'on présente le pain.

A iv

ainſi que l'écu ; ces cadrans dont il faut changer l'éguille adroitement.

Que de fineſſe dans ces étuis & vaſes pour faire mouvoir ce Cygne qu'il décore du titre d'ingénieux ? A quoi bon cette forme d'œuf ? Quelle analogie ? Que d'efforts de génie pour la boîte aux dés ? Qu'eſt-ce que les cadrans de communication ont de rapport au magnétiſme, puiſqu'on ſent une cauſe plus ſimple par la même aiguille ?

Que cette Sirene ſavante eſt pitoyablement rendue & tout ce qui en dépend, dès qu'il faut une perſonne cachée, un agent ſecret ? Que ce Miroir magique eſt ſorcier ? N'eſt-ce pas en bon françois ſe moquer du Public, que de publier des lazzis, des attrapes pour de la phyſique ? Celui qui a annoncé une grande merveille d'un animal étranger qui avoit la queue où les autres ont la tête, prouvoit du moins phyſiquement que le ratelier étant de néceſſité pour mettre le manger, l'âne qu'on y avoit attaché par la queue étoit contre nature, à raiſon du fait ; ici la pointe ou ſaillie portoit l'excuſe du Charlatan.

Paſſons à Comus qu'il a voulu décompoſer. Ce Comus doit tenir une place plus reſpectable dans les talens, & mérite mieux la conſidération publique. Il fait à ſon jeu le perſonnage qu'il doit ; mais il n'a pas été aſſez effronté pour au-dehors en impofer à ceux qui favent, ou à qui il devoit des refpects. Il a mieux aimé fe taire, & ce n'eft que par cette droiture de ne fe pas faire connoître pour un Charlatan qui en impofe aux fots, qu'il n'a pas fait de réponfe à Madame la Comteffe, qui s'étoit d'abord adreffée à lui pour être inftruite de ces preftiges ; c'eft donc la délicateffe de Comus, d'avoir fu fe taire, qui a élevé le trophée piramidale du fieur Guyot, dont la bafe n'eft qu'un mafque, fuivant le Mémoire fignifié dont je vous ai fait note ci-devant.

Je finis ces obfervations, par vous prier de faire avertir le fieur Guyot qu'il fe corrige dans fes autres volumes, & qu'il ceffe de fe mefurer avec des Auteurs refpectables, tels que MM. Ozanam (1) & de Serviere, & qu'il fache que

---

(1) Ce Savant eft connu par plufieurs bons traités de Mathématiques & de Phyfiques, entr'autres par fes Recréations Mathématiques & Phyfiques, dont il y a déja eu nombre d'éditions. Cet excellent ouvrage, fi bien accueilli de tous les curieux & amateurs, qui manquoit depuis quelques années, vient d'être réimprimé en 4 volumes *in-8°.* avec 147 planches, chez *Jombert fils, Libraire, rue Dauphine.*

Comme la reffemblance du titre avec celui du fieur Guyot pourroit induire en erreur, nous croyons devoir en prévenir le Public, en lui faifant part de cette nouvelle édition corrigée avec foin.

malgré ces louanges, s'il eût été du tems de ces Auteurs, ils se fussent honorés de lui être inconnus. Effectivement il les louange si mal, qu'il paroît qu'il ne les connoît point, ou du moins il connoît peu les ouvrages de M. de Serviere, « quand il nous dit que son horloge magnétique » surprenoit la plus, quoique (selon lui) elle » soit une des moindres, & qu'il dise qu'il y en » avoit d'autres dont la construction étoit sans » contredit plus ingénieuse, comme on en peut » juger par la description de son cabinet ». C'est tout au contraire pour les connoisseurs la piece la plus méritante, & on peut dire son chef d'œuvre. Si le sieur Guyot en connoissoit le méchanisme & le mérite, il ne nous proposeroit pas le méchanisme de sa boîte (dont il croit enrichir son livre).

D'abord le méchanisme de son aiman ne vaut rien ; il seroit fort sujet à manquer : il faudroit un aiman circulaire pour réussir. Cette boîte n'a rien de vraisemblable pour les effets de l'horloge donnée par M. de Serviere, & le méchanisme de la Tortue est bien différent. Il est dit page 25, fig. 49, planche XXI, horl. 17, « qu'il s'agit d'un sim- » ple plat rempli d'eau mis sur une table ; les » douzes heures sont gravées autour de ce plat, » où on jette une Tortue à volonté pour aller » chercher l'heure & la suivre. Qu'au reste on a

» la liberté de tourner le plat de différens fens,
» & autant de fois qu'on fouhaite ». Or effet impoffible en fuivant l'imagination du fieur Guyot ;
non-feulement impoffible pour ces premiers effets, mais encore plus pour les feconds qu'il
ignore, parce qu'ils font tranfpofés en la pag. 31
qu'il n'a jamais lue, où la Tortue fait une expé-
rience de fympathie qui n'eft pas moins agréable
que la premiere. « L'on met fur le bord du plat
» un cercle autour duquel, à la place des heures
» du cadran, l'on voit des infcriptions de toutes
» les inclinations ou paffions dominantes des hom-
» mes. Sous chaque infcription, il y a de petites
» loges qui renferment des compofés chymiques
» qui font propres, ou pour mieux dire, qui font
» convenant à l'humeur qui forme l'inclination
» marquée de fon infcription. On place fur le dos
» de la Tortue un autre compofé qu'on nomme
» commun, & qui eft fympathique & antipathique
» aux premiers dont je viens de parler, &c. Ainfi,
» lorfqu'on veut avec cette machine connoître fa
» paffion dominante, on n'a qu'à toucher du bout
» du doigt le compofé commun de la Tortue : on
» lui imprime par cet attouchement l'humeur, &
» la Tortue va chercher le compofé particulier
» qui nous convient, où elle s'arrête. La preuve
» que le hafard n'a point de part à cette machine,
» c'eft qu'ayant été touchée par plufieurs perfon-

» nes indiftinêtement & à plufieurs fois, elle re-
» donne toujours à chacun fa même paffion »,
parce qu'il y a un magnétifme adhérent qui, ou-
tre fon mouvement horaire, va chercher auffi
l'heure ou la paffion qu'il faut donner. Jeu d'in-
duftrie très-amufant, qui tire fon brillant encore
autant de la façon dont on le rend ; car il faut un
tour élégant & naturel pour charmer fes fpecta-
teurs.

Je crois, ma chere Amie, que vous en voyez
affez pour ne vous plus abufer fur le compte du
fieur Guyot ; ainfi vous ne feriez pas mal de ven-
ger l'infulte faite à notre fexe. Il nous en a impofé
par le pompeux des Auteurs qu'il a cités. Faites-
lui fçavoir à votre tour qu'on ne nous trompe pas
long-tems, ni impunément, & affurez le de tout
notre reffentiment. Il devoit étudier l'art de notre
fexe pour la rufe & la fineffe, & il fe fût peut-
être mieux préfenté. Il ne devoit pas ignorer, fans
faire un livre de lazzis, que tout le monde un peu
fenfé fait qu'aucune méchanique ne peut fe régler
fur une volonté indéterminée. Or, lorfqu'on ne
nous fait pas opérer par des agens ingénieux qui
reglent un méchanifme en voilant la caufe, on eft
phyfiquement fûr qu'on eft attrapé ; ce qui n'eft
nullement intéreffant à connoître, vu que les lazzis font inépuifables, & ne font propres qu'aux
gens qu'il a cherché à dévoiler indifcretement

par l'appâs du gain d'un livre, & comptant lui seul tout envahir, en offrant à bas prix les pieces qu'il dévoile. (Il en donne le catalogue avec les prix & son adresse en fin du livre). Ce faux Confrere devoit être moins envieux, puisqu'il a une bonne place à la grande Poste, dont il abuse pour écraser les autres. Le sieur Guyot a saisi la mode des riens qu'il a encore avilis, en les rendant mal; car ces riens sont, malgré cela, de jolies choses dans les mains de l'homme adroit qui a l'art de nous surprendre. Son faux zele & son envie de désabuser le Public n'est qu'un voile pour se servir lui-même. Quand il n'y seroit pas personnellement intéressé, seroit-ce un mérite? Non assurément; car nous aimons mieux l'erreur qui nous réjouit (1), (c'est l'habit de théatre) qu'un envieux qui nous prend pour des sots, en comptant encore nous attirer à sa boutique.

Quant au petit livret intitulé Plaidoyé de M. l'Avocat Général du Sénat Littéraire sur un nouveau Systême du Monde (2), que vous m'avez

---

(1) Les Loix mêmes, pour aiguiser le génie & reveiller les esprits, tolerent toutes ces subtilités utiles à dresser le peuple, & que les gens éduqués voient d'un autre œil, sans le secours du livre du sieur Guyot.

(2) Que l'on trouve chez *Jombert fils*, Libraire rue Dauphine.

envoyé avec mon livre du sieur Guyot, je re-
marque bien de l'originalité dans cette brochure ;
malgré cela, je serois assez tentée de croire qu'il
est effectivement en nous une puissance d'action
visuelle qui va chercher les objets au-dehors où
ils sont, & qu'ils ne viennent point dans notre
œil, & encore moins renversés. Cette brochure
est très-abstraite. C'est, à ce que je vois, seule-
ment une espece de *Prospectus* ; malgré cela j'en-
trevois que le planisphere paroît plus vraisemblable. Il n'exige pas de se mettre l'esprit à la gêne
pour concevoir ces antipodes qui révolteront
toujours les Méchaniciens. Je vois que c'est assez
le sentiment de notre Société, qui est de l'ancien
parti ; il se trouve malgré cela parmi eux quelques
Ergoteurs qui voudroient sçavoir qui portera ce
planisphere. Cette question pour moi me paroît
simple, quand je considere que ce planisphere est
dans un continent ou étendue. Donc c'est ce continent, cette étendue où les corps sont rangés
par ordre de leur masse & équilibre. Ainsi la terre
doit occuper le bas, l'extrêmité de l'étendue Di-
vine ; & cette étendue, elle, je la conçois le feu
spirituel, immatériel, l'immensité de Dieu ; &
comme rien n'est au delà de l'étendue, notre
esprit n'a plus rien à desirer.

Vous me ferez part, ma chere Amie, si vous
avez appris quelque chose de nouveau au sujet

de ce Système. Je m'y intéresse beaucoup, &
je suis telle que vous me connoissez, du meilleur
de mon cœur toute à vous, votre affectionnée
Amie * * * *.

De Lyon, ce premier Octobre 1769.